고요한 저녁이 왔다

복효근 시집

오후시선

01

고요한 저녁이 왔다

시 복효근
사진 유운선

역락

시와 사진은 별개의 작업으로 이루어졌습니다.
시 따로 사진 따로 보아도 좋을 것입니다.

이슬 한 방울이 무연하게 꽃봉오리에 떨어졌습니다.
이슬이 앉은 꽃봉오리와 꽃봉오리를 만난 이슬은
그 이전의 이슬과 꽃봉오리일까요?

이슬 한 방울로 하여 꽃이 피어납니다.
꽃을 만나 이슬은 향기로운 보석이 됩니다.
거기에 햇살이 다가와 비로소 활짝 한 우주가 완성되는군요.

사진과 시, 이 우연한 조합에서
꽃과 이슬의 화학반응을 기대해봅니다.
기적을 완성하기에는 햇살과 같은 맑은 눈빛이 필요하겠지요.

그 눈빛 맑은 사람이 바로 당신이군요.

덕분에 제 누추한 삶을 시로 추스르며 여기까지 왔습니다.

어쩌다 열 번째 시집이 되었습니다.

어리석은 이 일에 더 야무지게 어리석어볼 요량입니다.

2018년 가을에 들 무렵

복효근

내 무심코가 변명이라면 신 또한 무심하다

늘 나를 배신하는 것은 나를, 내가 가장 사랑하는 것이었다

1부

나는 그저

새싹 돋는 떡잎은 늘 기도하는 손 모양을 닮았다고

아무 것도 못하고 나타나지도 않은 신처럼

비유법을 쓰기도 하였다

고요한 저녁이 왔다

새싹의 수인 手印

싱크대 수챗구멍에 호박씨 두 알이 싹을 틔웠다
세상 밖으로
까치발을 딛고 고개를 내민들
시궁창보다 더 나을 것도 없는 것을

엊그제 텃밭에 심으려고
물에 불리다가 쭉정이라고 걷어 내버린 것이다

보라 생명이란,
생에 대한 의지란 때로 이렇게 위대하다고
사진을 찍어 아이들에게 보여주며
생에 대해 아는 체한다

그러면 저 대책 없는 생명은 또
니가 시궁창에 빠져보았냐고
생은 또 얼마나 치욕적인지 알고나 있냐고 물어
올지도 모르지

그러니
아프리카 내전 고아 사진을 보며
생의 의지를 얘기할 때처럼이나

이 훈화는 또한 비루한 바가 없지 않아서

나는 그저
새싹 돋는 떡잎은 늘 기도하는 손 모양을 닮았다고
아무 것도 못하고 나타나지도 않은 신처럼
비유법을 쓰기도 하였다

오후시선

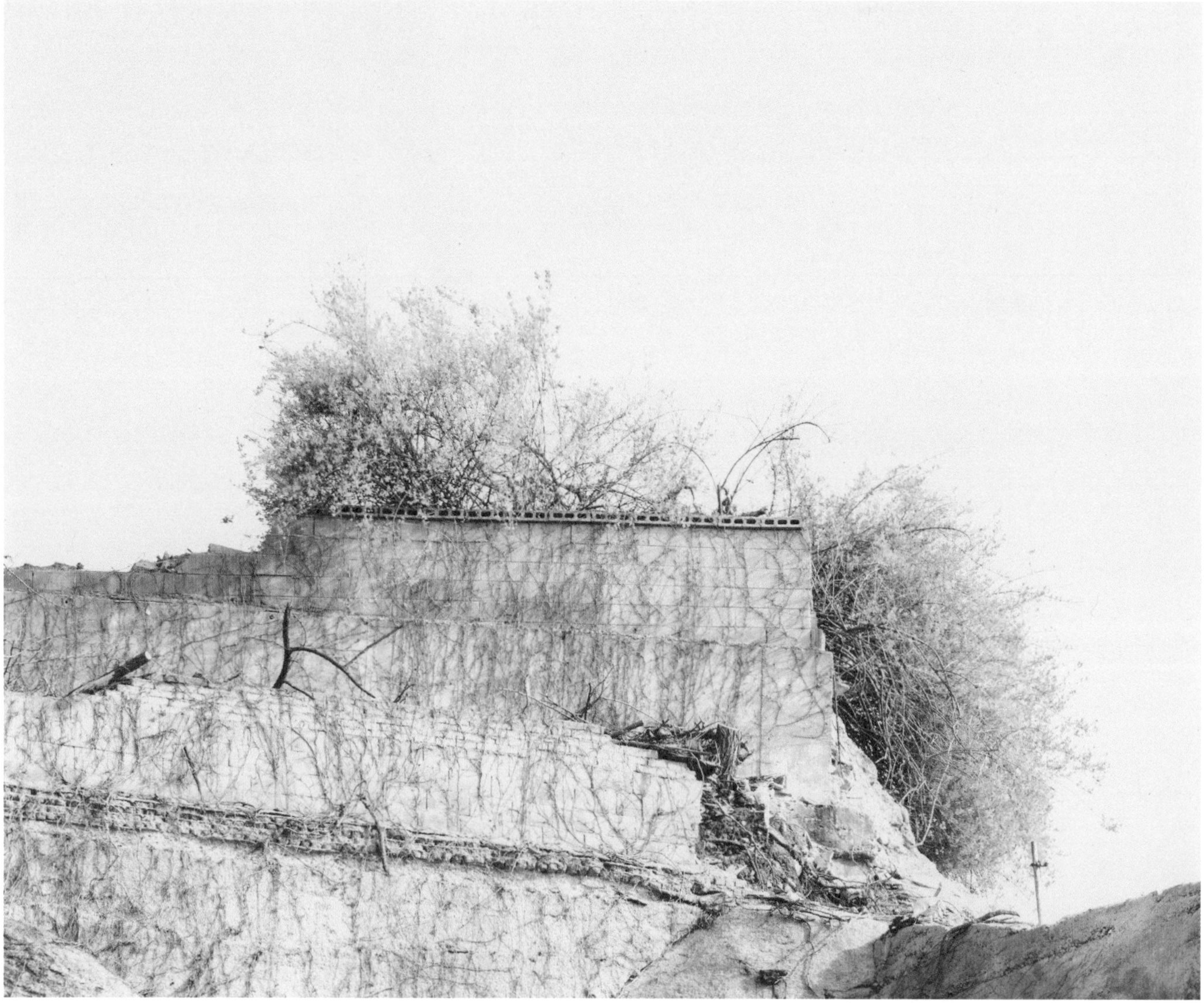

고요한 저녁이 왔다

봄날은 간다

어딜 가나 천지가 벚꽃인데
그래도 한 철인데 싶어 따라나섰다

힐링여행사 관광버스에서 줄줄이 내려
벚꽃보다 더 알록달록 고운데
남는 것은 사진밖에 없다며 꽃을 배경으로 사진
부터 찍는다

먹고 싸고 하고 쌓고 더 높아 보이려는 욕망의
살덩이들
몇 십 년 뒤에는 흔적도 없을 터인데
사진이라고 백 년 뒤에 남겠는가
천 년이 간들 또 무얼 어쩌자고

김치 치즈 억지웃음 불러내며
연신 파이팅을 외쳐 보인다 하나 둘 셋
파이팅! 그렇지 사는 일은 싸우는 일이지
잠시 잊을 뻔 했다

이 싸움에서만큼은 질 수 없다는 듯
시키지 않아도 애 어른 없이

두 손가락 세워 V 자를 그려보인다

나뭇가지들도 수없이 V자를 그리고 있지만
어제 핀 벚꽃 오늘 진다
누가 이겼는지 꽃은 진다

어쩌지 못해 웃다가 간다

청량일기

수선화 구근을 캐낸 자리
고슬고슬한 맨땅에
참새 떼 날아와 모래목욕을 한다

딱 제 몸 크기의 흙 욕조를 만들고
부르르 부르르 깃털을 고른다

뭐라고 뭐라고 떠든다
흙먼지 일고 새소리가 수선화처럼 노랗게 핀다
말하자면 애기꽃이겠지

시월이 오면 나는 다시
그 자리에 수선화 구근을 묻을 것이다

봄이면
참새 욕조에선 새 깃 같은 싹이 돋고
참새 지저귐 같은 수선화가 필 것이다

소리의 꽃과
꽃의 소리 사이를 오가며
한 세상 까무룩 저물 수만 있다면

한 켤레뿐인 내 발은 다 닳아도 좋겠다
저들과 더불어
죽을 일을 한 생쯤 잊어버려도 좋겠다

오후시선

고요한 저녁이 왔다

토란밭 오도송

앞집 어르신네 토란잎 보니
별 볼품없다

올해 토란 농사는 내가 이겼다
토란 농사 몇 해만에 칠십 노인을 이기다니

어라, 토란 캘 때 보니
울창한 우리 토란밭 알토란이 볼품없다

가방 크다고 공부 잘하는 것 아니었구나
한 소식 얻은 걸로 만족하려다가

앞집 어르신한테
잎만 무성하고 밑이 안 들었다고 푸념했더니

토란은 알토란만 먹는 게 아니어서
토란대는 복 선생이 풍작이라고 한 문장 던지신다

그 말씀이 또 알토란같은 한 소식이어서
올해 토란농사는 대풍작이다

고요한 저녁이 왔다

다시, 모란이 피기까지는

시들기 시작할 무렵까지만 꽃인 줄 알았다
화중지왕花中之王 모란꽃

꽃만이 꽃이 아니었구나

꽃잎 지자 맺히는 왕관 같은 씨앗 봉오리
그러니 그 왕관까지를 꽃이라 하자

아니다
그 왕관 속 맺히기 시작하는 씨알을 생각하자니
앞으로 다시 누누천 년 거기까지가 꽃이다

꽃이 졌다고
한 해가 다 가버렸다고 말할 일 아니다

저 먼 별까지가 꽃이다

없는 꽃으로도 문득
마당귀가 환한 날 있다

건배를 위한 변명

무적의 기마병단을 가진 제국의 황제는
오늘밤 한 마리 모기가 두렵다

제국 때문이다
그러나 한낱 모기는 천하의 제왕도 두렵지 않다

똑같이 피에 굶주려 있지만
제국을 가진 자보다
제국 따윈 안중에도 없는 모기가 더 무서운 것이다

천하를 피로 물들이고도
그 놈의 천하 때문에 편한 잠 못 이루는 제왕은
한 마리 모기에게 명령하지 못한다

제왕의 피를 맛본 자는 이 왕국에서 모기 말고는
없다
모기가 황제보다 행복하단 말은 아니다

제국을 걱정할 일도 없이
한 마리 모기 따윈 두렵지 않은 당신,
당신이 황제보다 더 행복하다는 얘기다

그러니
자 건배!

오후시선

고요한 저녁이 왔다

구름의 문장

울지 않는 전화기를 몇 번이나 들춰보고
기척 없는 앞마당을 자꾸만 흘깃거리다가
소주병을 꺼내려다 만다

법구경 몇 페이지를 펼쳐보다가
무소의 뿔처럼 혼자서 가라는 말에 잠깐 멈칫거
리다가
겨우 한 줄 써본다

'나는 나로써 나다'

애써 다독이는데
문득 댓돌 틈에 핀 괭이밥풀꽃 한 송이에
울컥

꽃은 너였다가 또 너였다가 또 너였다가
수많은 너였다가
한 줄 다시 써본다

'나는 너로써 나다'

서쪽 하늘엔 구름 한 무더기 모였다 흩어지고

울음에 대하여

논에 물 가두자 깜깜한 어둠 속에 개구리 떼로
운다
짝을 부르는 소리일 텐데
운다고 한다

맞다
울음으로 부르지 않는다면 어찌 사랑이랴

나 여기 있다고 운다
천 년 뒤에도 너랑 나 여기 있고 싶다고
천 년 전에도 울었던 울음

이 세상에서 너와 내게 남은 유일한 진실은
이따금 울었다는 것뿐*이라고

개구리 운다
개구리이어서 개구리는 개구리로 울음 운다

한 철 울다 가는 것이 어디 개구리뿐이랴

풀잎에 맺힌 달의 눈물로도
오늘밤 논물은 더욱 불었겠다

*알프레드 드 뮈세

그 누가 있어

사위기 시작하는 반달이 떠 있는 새벽 두 시
잠에 깨어 홀린 듯 마당에 내려섰습니다

달이 시드니 밤하늘 별들이
더욱 초롱합니다

어두울수록 별은 빛나는 법이어서
골목에 서있는 저 두 개의 가로등만 없으면
온전히 밤하늘 별들을 다 헤아릴 수 있으련만 생
각하다가

그러나 가로등이 꺼지거나 없기를 바라는 마음을
서둘러 지우고 맙니다

저 별은 누가 켜놓은 하늘의 가로등일지도 모른
다는 생각이
가로등처럼 켜졌습니다

그 누구가 저 하늘에 있어
이 지상의 가로등을 별빛으로 헤아리는 그 누가
있어

내게 별이 사라지는 것처럼
그에게 이 가로등이 꺼진다면

내가 내 얼굴을 만져보는 것처럼 쓸쓸하고
내 왼손이 오른손을 더듬는 일처럼 하염없을 것
이므로

먼 별빛이 깜빡입니다
나 여기 있다고

고요한 저녁이 왔다

꽃을 보는 법

꽃이 지고 나면 그뿐인 시절이 있었다
꽃이 시들면 바로 쓰레기통에 버리던 시절
나는 그렇게 무례했다

모란이 지고 나서 꽃 진 자리를 보다가 알았다
꽃잎이 떨어진 자리에 다섯 개의 씨앗이 솟아오
르더니 왕관 모양이 되었다
화중왕花中王이란 말은 꽃잎을 두고 한 말이 아니
었던 것이다
모란꽃은 그렇게 지고 난 다음까지가 꽃이었다

백합이 지고 나서 보았다
나팔 모양의 꽃잎이 지고 수술도 말라 떨어지고
나서
암술 하나가 길게 뻗어 달려있다
꽃가루가 씨방에 도달할 때까지 암술 혼자서
긴긴 날을 매달려 꽃의 생을 살고 있었다

꽃은 그러니까 진 다음까지가 꽃이다
꽃은 모양과 빛깔과 향기만으로 규정되지 않는다

사람과 사랑이 그러하지 않다면
어찌 사람과 사랑을 꽃이라 하랴

생도 사랑도 지고 난 다음까지가 꽃이다

삐이이이~ 혹은 쪼르르르릉

아내는 삐이이이~ 한다고 하고
나는 쪼르르르릉 한다고 하고
같은 새소리를 두고 자기가 들은 게 맞다고 한다

어디 그게 삐이이이~로 들리느냐
어찌 그게 쪼르르릉이냐 하는 아웅다웅이 사뭇
새소리 같은 아침

그게 그런 것이다
결국 같은 걸 두고 늘 다르다고 다투며 여기까지
왔다

녹음을 하여 김 교수에게 전송하여 물어보자고
도 하였으나
삐이이이건 쪼르릉이건 알고 보면 하나의 주인공
인데
시방 중요한 건 출근 준비하던 중이라는 것인데

그래, 멀리서 우는 소리는 삐이이이~로 들리고
가까이서 우는 소리는 쪼르르르릉으로 들리는갑다
겨우 타협을 하였으나

그게 그렇다 그런 것이다

김교수도 하느님도 삐이이이도 아니고 쪼르릉도
아니고
더구나 다툴 일도 아니라고 말할지도 모른다
삐이이이~ 쪼르릉 너와 내가 그렇듯이

꽃을 보는 순서

분명 내일 아침이면 활짝 피어날
몽우리 맺힌 꽃가지에
안경을 걸어두고 들어와 잠을 청했다

아침에 일어나 아내에게
창 밖 매화 가지에 걸어놓은 안경 좀 가져다 달라고 하자
매화나무가 눈이 나쁘다고 하더냐고 별꼴이라고 궁시렁대더니

꽃이 피었다며
올봄 자기가 가장 먼저 보았다고
수선을 떨며 들어서는 그 꽃웃음

이거야 꽃도 보고 임도 보는
일석이조 일거양득
10년은 젊어졌다는 말이 죽은 비유만은 아니다

군둥내 나는 중년
세월의 행간에 문득
매화 향기 가득한 날도 이렇게는 있다

고요한 저녁이 왔다

젖은 눈망울에 대하여

그냥 통을 받치고 젖을 짜려 하면
별 소득이 없으므로
낙타 주인은 새끼 낙타에게 먼저 젖을 빨게 하다가
새끼 낙타를 떼어내고 마저 젖을 짠다

젖이 돌지 않다가도
새끼가 다가가면 유선에 젖이 돌기 때문이다
젖을 짜는 동안
새끼 낙타를 곁에 세워두는 것도 그 때문이다

새끼를 내려다보는,
어미를 올려다보는
여린 초식동물의 눈망울은 왜 그리 홍그렁 젖어있는지

그저 풀이 자라서 이 사막에 낙타가 살아가는 것이 아니다
안쓰러이 울음 우는 어미 낙타가 있어
새끼 낙타의 젖은 눈망울이 있어
자갈과 모래뿐인 사막에 젖이 돌고 그나마 풀이 자라는 것이다

2부

이것들의 비밀을 아직 눈치채지 못한 아내에게

내 심장에서 막 꺼낸 숯불처럼

뜨거운 낱말인 듯

회동그란 눈에 비춰주고만 싶은 것이다

수련의 마음

하필이면 연못가에 감나무

자꾸 하늘을 가리고
별을 가리고 달을 가려서

저 놈의 감나무 없었으면 해도
투 욱 툭 감꽃 떨어질 때면

연못의 수련은 앞치마 같은 잎을 펼쳐서
하나 둘 감꽃 받아드는데

남의 꽃이긴 하여도
지는 꽃이긴 하여도

오후시선

고요한 저녁이 왔다

나무의 자격

나무는 이 다음에
적어도 사람으로는 태어나지 않을 것이다
늘 벌 받고 뉘우치며
꽃을 바치는 자세로 서있으니까

나무는 나무만 생각하며 꽃 피우고 열매 맺고
나무 외엔 아무것도 아니기를 기도하며
꽃을 지우고
맺은 열매마저 버린다

그러니까 다음 생에 나무를 꿈꾸는 것은
죄에 죄를 얹는 것일 수 있으므로
나무로 태어나는 것에도
자격 같은 것이 있지 않나 싶다

언감생심 나무를 꿈꾸지 않는,
사람 외엔 아무것도 아닌
오직 사람인 사람만이
어느 하늘 나무로 태어날 수 있을지도 모른다

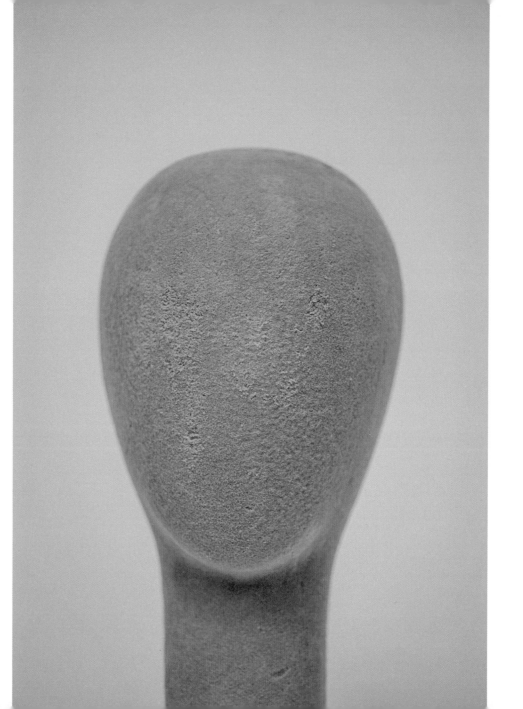

고요한 저녁이 왔다

당신 누구시더라?

당신 누구시더라?

한 번도 살아본 적 없는 것처럼
삶이 낯설다

그래도 많이 아는 사람 같아서
아내에게 말을 건다

당신… 어쩌고 하려다가
당신마저 낯설어 '당신'에서 멈춘다

단 1초 전의 나를, 당신을 데려와 보라 하면
데려올 나도 당신도 없다

지금의 당신도 없다
눈길 닿자마자 사라진다

단 1초 후의 당신과 나를 여기에 데려오려 해도
온 우주를 함께 옮겨야 하는 일이라서

어쩔 수 없이
나나 당신은 지금 이 순간이 처음이고 마지막이다

고요한 저녁이 왔다

최선은 그런 것이었을까? *

나나니벌 한 마리 내 서안을 맴돌아
읽고 있던 이규리 시집**으로 무심코 내리쳐 벌
을 잡았다

가장 사랑하는 것이 흉기가 될 때가 있다
가장 아끼던 것이 무기가 되기도 한다

생명을 노래하는, 사랑을 노래하는
시집이 무기가 될 줄은, 흉기가 될 줄은

시인은 모를 것이다, 신도 모른다
십자군이 그러할 줄은 알카에다와 IS가 그러할
줄을

가장 아끼던 것이 사랑한 것이
무엇을 미워하는 데 죽이는 데 쓰일 줄 모른다

그러고도 사랑한다는 말을 할 수 있을까
도대체 사랑의 낯가죽은 얼마나 두꺼울까

내 '무심코'가 변명이라면

신 또한 무심하다

늘 나를 배신하는 것은
나를, 내가 가장 사랑하는 것이었다

도대체 최선이란 말이 있을 수 있을까

*이규리 시집 제목을 변형함
**『최선은 그런 것이에요』

오후시선

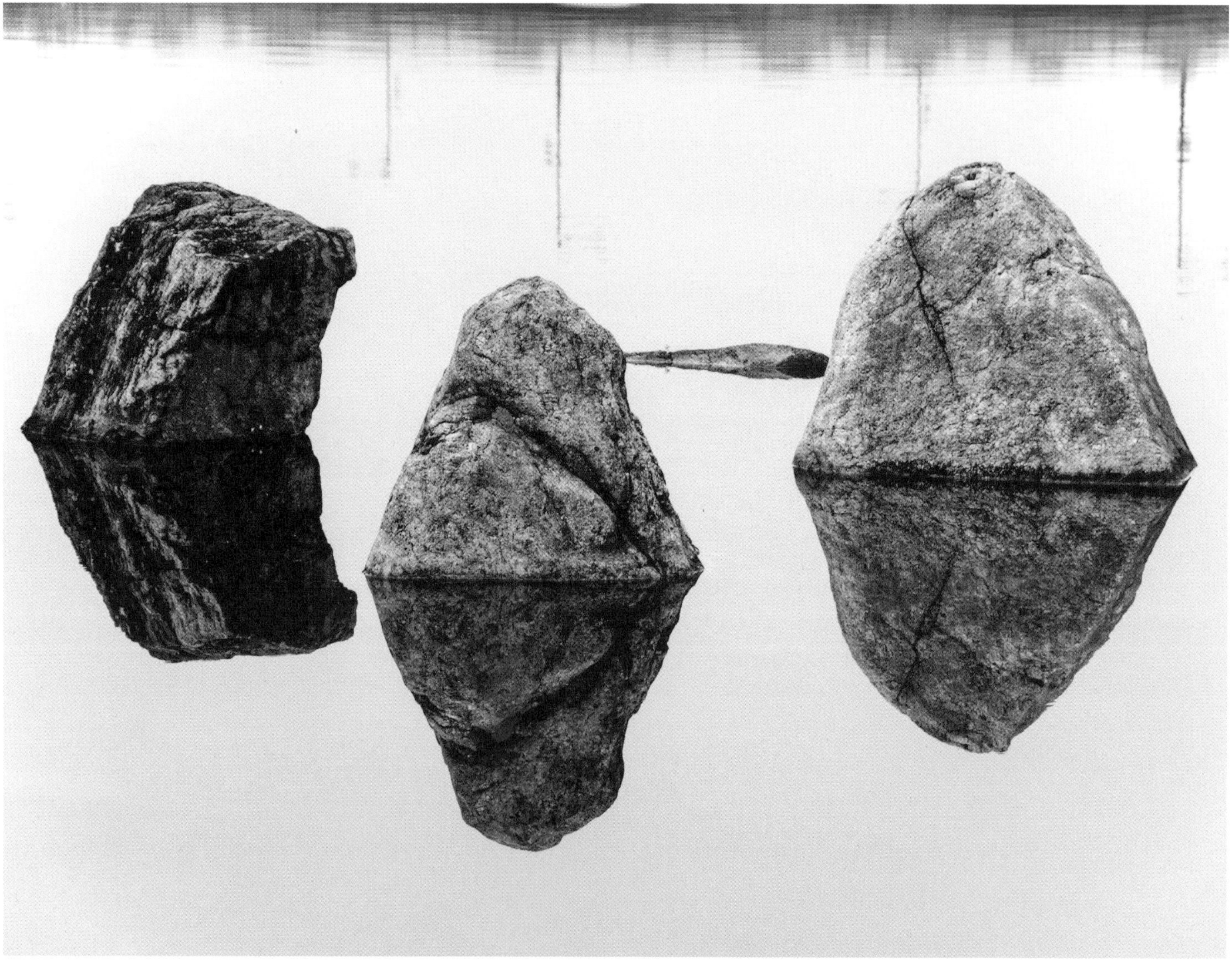

고요한 저녁이 왔다

투숙

옛날의 파크장여관
이름 바뀌어 리버모텔

겨울이 왔다고 서로 춥다고
들랑거리는 청춘의 자동차 소리

그 앞 요천수
수면 가운데 바위섬 서너 개

청둥오리 몇 쌍 흰뺨검둥오리 몇 쌍
논병아리 백로 몇 마리

수면에 뜨는 불빛은 턱없이 따뜻도 하여
물의 숙소에 들까 말까

어딜 가나 객지인데……
교대로 꺼내 딛는 노숙의 언 발

오늘밤 바람에
얼음문은 닫힐까 안 닫힐까

강변엔 붉은머리오목눈이들도 세 들어 사는지
쯔쯔쯔 쯔쯔쯔

고요한 저녁

마당을 가로질러 출입문 앞까지 놓인 징검돌
중국산 가짜 맷돌 위에 빗물이 고였다
그 얕은 물에도 비 그친 하늘이 맑게 내려와 있다

참새 떼 몰려와 징검돌에 고인 물에서 목욕을 한
다 깃을 적시고
부르르 털고 곁에 몇 놈은 물을 마시기도 한다

조금만 품을 팔아 날아가면 연못도 있고
냇물도 있고 강도 있고 계곡물도 있을 터인데
어쩌자고 간장종지 만 한 물에 모여 법석을 떠는
것일까

아, 나는 기어이 그 답을 찾고 말았는데,
맷돌 위에 내려앉은 하늘 때문이었다

그 하늘 한 조각씩 나누어 참새들 깃털을 씻고
하늘 한 조각씩 나누어 물을 마셨던 것이다
작은 몸에 연못은 냇물은 계곡물은 맞지 않았던 것

제 몸에 맞는 가난한 하늘로 목을 적시고

제 몸의 크기에 맞는 하늘로 새는 노래한다

돌 위에 고인 하늘 한 조각씩 떠안고 새들이 돌
아가고
이윽고 고요한 저녁이 왔다

침묵의 힘

철로 한켠에 침목들 쌓여있다
하나 같이 일자로 입을 다물고 있다

세상은 열차처럼 떠들어대는 자들의 몫인 것 같
지만
달리는 자들의 세상 같지만

침묵하는 자들이 세상을 지탱하고 있다는 것을
한 생을 한 자리에서 누워 침목은 침묵으로 말한다

침목은 지축을 울리며 달리는 열차의 굉음을
제 몸으로 받아내어 잘게 잘게 땅으로 분산시키고
이윽고 침묵을 남긴다

지반이 꺼지지 않도록
철길을 받치고 종착역까지 옮겨주는 것은
저 말 없는 것의 힘이려니

저 켜켜이 쌓여있는 침목들은 어디론가 실려가
누군가의 길이 될 것이다

떠들 게 없어서가 아니라
떠들어서는 안 되는 것을 안다

침목 혹은 침묵

물앵두 익을 무렵

새들이 남겨놓은 물앵두
몇 알을 따면서
그것을 가로챈다거나 훔친다 해도 틀린 말은 아
니리

우리 내외 일하러 나간 낮 시간 내내
푸르던 물앵두 붉게 익을 때까지
노심초사 들랑거리며 기다리던 것이 새들이었
을진대
얻어먹는대도 틀린 말은 아니리

가지마다 그 많던 붉은 앵두
다 따먹고 남긴 몇 알을
나에게 준 선물이거나 새들이 따다가 걸어놓은
먼 우주의 보석별 같은 것으로만 여겨서

나는
다른 그 무엇보다도
물앵두와 새와 별과 우주와 한 인연으로 엮인 것이
못 견디도록 신기로웁고 흥감하여

이것들의 비밀을 아직 눈치채지 못한 아내에게
내 심장에서 막 꺼낸 숯불처럼
뜨거운 낱말인 듯
회동그란 눈에 비춰주고만 싶은 것이다

채송화 피는 날에

마당에 풀을 뽑을 때
어쩌다 심지도 않은 채송화 어린 싹을 보면
무성하게 자라서 꽃 피울 기약을 믿진 않아도
차마 뽑진 못하던 날이 있어

물 주거나 발길에 밟히지 말라고
표식을 해두거나 하지도 않으면서
차마 뽑지는 못하고
어쩌다 그것이 정말 꽃이라도 피울 양이면
못내 미안코 대견하고 눈물겨워서
세상을 보살피는 그 무엇을 생각하기도 하였다

이 세상 너머
눈물 너머 죽음 너머 그 어떤 크나큰 손길이
나를
어쩌다 그의 마당에 찾아온 꽃씨처럼 여기고
차마 뽑지 못하고
비 내리고 바람 불어 주는 듯이도 생각되어서

마당을 걷는데도
발길이 사뭇 조심스러워지는 날이 있기도 하였다

동행

이른 새벽 공원에
큰 나무 둥치를 등지고 서서
나무에 등을 쿵쿵 부딪는 사람 있다

어찌 보면
어깨 한번 두드려 줄 사람 없이 긴 밤을 건너온
저이의 등을
나무가 두드려주는 것 같다
굳어가는 뼈마디를
욱신거리는 근육들을
꽉 막힌 저이의 속을

두드려
두드려서 먼 하늘에서 받아온 햇살과
땅 깊은 속에서 길어온 맑은 물의 기운을
넣어주고 있는지도 모른다

어쩌면 한 자리에 서서 몇 십 년을 사느라
굳은 나무의 관절을
딱딱해진 피부를
비바람 추위에 오그라든 혈관을

저이가 두드려
두드려서 풀어주고 있는지

늙은 아비의 등을 덜 늙은 아들이 두드려주고
요즘 들어 더욱 쳐진 아들의 등을 두드려주듯이
서로 등을 두드려주어서
새벽 공원 어둠이 풀리고
이 동네 길들은 푸르게 새로 열리는지도 모른다

오후시선

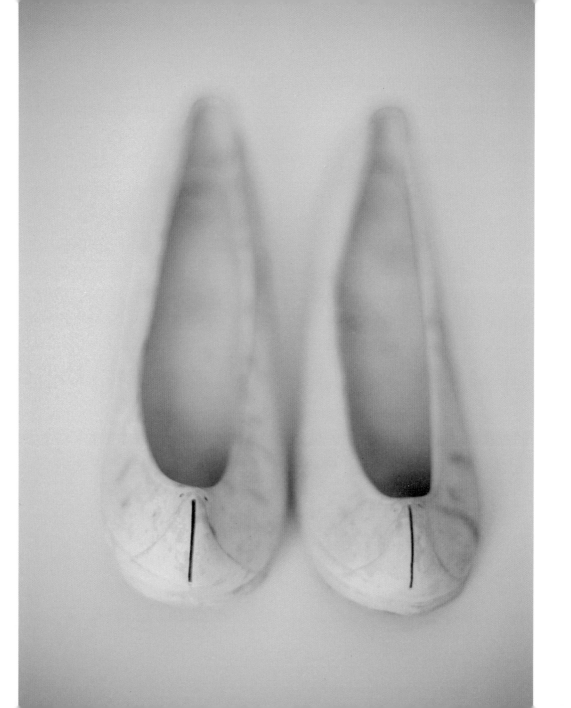

고요한 저녁이 왔다

소쩍새가 왔다는 사건

오월 첫 주에 소쩍새가 왔다
내 유년을 품고
저승에 가신 어머니를 데리고
먼 나라에서 왔다

어떤 이에게는 그저 계절이 바뀌었을 뿐이라고
하고
어떤 이는 그것이 왜 중요하냐고 반문할지 모르
지만

풍년이 들것 같으면 소쩍소쩍 울고
흉년이 들 것 같으며 솥팅소팅 운다는
어머니 그 새벽 그 자분자분 목소리 데리고
소쩍새는 왔다

와서는 나를 다시 숨 쉬게 한다
산이 다시 푸르게 물들고
앞 논엔 물이 찰랑거리고
나는 다시 아이들에게 전설을 들려줄 채비를 한다

어머니와 어머니의 오래오래 전 어머니와

나와 또 수많은 나와
천 년 뒤의 수많은 내 아이 가슴 속에
소쩍새 울어

소쩍이든 소팅이든
풍년과 흉년의 그 어느 것일 수 있는
또 그 어느 것도 아닐 수 있는
사람과 삶의 역사를 이어준다

소쩍새 울지 않아보아라
내일 해 안 뜬다

봄
바
다

삼월 가까운 해토머리
바다는 동백꽃 초경

금족령 풀린 가시내처럼
머리 풀어헤친 바람

내리는 비에
그깟 꽃 몇 개 떨어졌을 뿐인데

어쩌자고 가슴은
스무 살로 뛰는지

어부횟집
좋은데이 두어 병

절벽을 쳐대는 해조음에
잠은 오지 않고

바닷가 숙소
때 아닌 자지가 선다

3부

정답이야 있을 리 없을 것이나 난 매우 부끄러웠는데

나에겐 나비만 있고

그에게는 나비와 함께 나에겐 없는 바다와 삶이 그득해보였기 때문이다

고요한 저녁이 왔다

삶은 밤

삶은 밤 먹다보니
밤 속에 벌레 한 마리 있다

내가 벌레의 식량창고를 털었구나
벌레의 무덤을 도굴했구나

입구보다 더 커버린 몸뚱이
생과 사를 한 획으로 요약해놓았다

벌레를 도려내고 벌레가 남긴 밤을 먹는다

삶은 밤
밤의 감옥, 감옥의 밤이여

출구가 보이지 않는
한 치 앞도 보이지 않는 깜깜한

도색

지리산 구룡계곡 아홉 구비엔
봄이면 개복숭아 복사꽃 사태가 지는데

계곡 찾아온 사람들 복숭아 먹고
그 씨앗 휙 던져 놓았더니
싹 틔우고 자라서 꽃 피운 게지

무심코 던진 그 마음은 알까
버려져서도 싹 틔워 꽃 피우는
개복숭아꽃 복숭아꽃보다 더 곱다는 것을

무엇을 그려
무엇이 그리워
꽃은 피어 물길 산길 도색도 도색이다

버려져서,
버려졌을지라도,
버려졌기 때문에

계곡 하늘 다 물들이고
저 하류까지 꽃 마음 전하리라

꽃잎은 자꾸 물에 몸을 던지고

야
생

설악산 여행 기념으로 다들 하나씩 사들고 오던
천연기념물 에델바이스 압화
몽골 초원엔 에델바이스 널려있다

뿐이랴 온갖 야생화가 융단이다
염소가 뜯거나
말똥에 깔려 피기도 한다

간절한 것들이 염소똥처럼 널려있을 때
세상이 갑자기 맹물처럼 싱거워지기도 한다

마유주를 따라주는 여자에게
야생화 지천으로 피어있어 행복하겠어요 했더니
관광용으로 말하면, 행복해요
솔직하게 말하면, 피는지 지는지도 몰라요 한다

행복은 있으면 좋고
없어도 산단다

오후시선

고요한 저녁이 왔다

포란반

울란바토르 전통시장을 구경 갔다가
한 쪽 가슴을 드러낸 채 아이에게 젖을 물린
젊은 여자를 보았다

어떤 새는 알을 품을 때
체온을 알에 직접 전달하기 위해
스스로 제 가슴에 깃털을 뽑아버려
포란반이 생겨난단다

부드럽고 고운 깃털을 부리로 뽑아 던지며
알에서 깬 새끼의 가슴에 돋을 솜털을 생각하면
아픔마저 솜사탕 같았을까

앞가슴 깃털이 뽑힌 흉측한 가슴을 보며
알에서 깨어난 새끼 새는
제 어버이를 그 포란반으로 기억하리라
언젠가 저도 털을 뽑을 것이다

젖이 흘러 반짝이는 유두와 아기 입술에서
몽골 초원 그 누 천년을 읽으며
너와 나의 사라져 버린 포란반을 더듬어보았다

낭만에 대하여

나비 한 마리가 미동도 하지 않는 낚싯대 끝을
나뭇가지로만 알고 앉았다 하자 하필

때 맞춰 물고기가 미끼를 물고 깊은 바다 속으로
들어가려는지
낚싯대 끝이 둥글게 휘어졌다 하자

조사는 낚싯대를 낚아챘을까,
나비가 더 앉아 쉬다가 날아갈 때까지 기다렸을까

후자의 답을 준비하고 있던 나에게
한창훈은 전자를 택했노라고 말했다

정답이야 있을 리 없을 것이나 난 매우 부끄러웠
는데
나에겐 나비만 있고
그에게는 나비와 함께 나에겐 없는 바다와 삶이
그득해보였기 때문이다

그러나, 그러므로, 그럼에도 불구하고
내 낚싯대에 나비가 앉으면 나는 낚싯대를 그냥

두기로 하겠다
그냥 계속 부끄럽기로 마음먹은 것이다

시여, 낚시여,
혹은 낙시, 빈 낙시여

깜보자꽃에 부쳐

먼 열대의 나라 인도네시아
발리와 롬복, 자카르타 같은 데서
보았지요 깜보자꽃

망자를 위해 무덤가에 심는 꽃나무
동백꽃처럼 아름다움의 절정에서 송이째
미련 없이 뚝 뚝 제 꽃을 떨구는데요

그 꽃을 엮어 반가운 손님에게 걸어주기도 하고
사랑하는 이의 귓가에 하나씩 꽂아주기도 하는
데요
무덤의 그 꽃을 왜 사랑하는 이에게 전할까 궁금
했는데요

끝이 무덤에 닿아 있지 않은 길은 없고
끝이 없는 사랑이 있을까 생각하면요
이 순간, 이 길, 이 사랑의 끝을 떠올려보면요

모든 것이 죽도록 아름답지 않으면 안 된다,
사랑도 죽음마저도 이 꽃과 같아라 속삭이듯
깜보자 꽃이 피지요

문득문득 발아래 꽃이 떨어지곤 하지요

오늘이 겨울의 끝이기도 하고 여름의 시작이기
도 하고
가을의 중간이기도 하고
처음이기도 하고 끝이기도 해서 시작도 없고 끝
이 없기도 해서

무덤과 길의 경계가 없는 그 나라에
눈웃음 같은 눈물 같은 깜보자 꽃이 피지요
꽃이 지기도 하지요

고
요
한

저
녁
이

왔
다

비
그
친
아
침
에

마당 양쪽 감나무와 은행나무에 이어 놓은 빨랫줄 하나

젖은 입성과 퀴퀴한 이불 따위
눅눅한 꿈자리와 습기 많은 살림이나 걸쳐놓은 줄

자랑할 것도 내세울 것도 없는 마당
비 그친 아침

빈 빨랫줄에 촘촘히 꿰인 빛방울,
빛방울이라니

세상에,
이리 크고 빛나는 목걸이를 걸어놓은 이 누구신가

신혼 방 대출 받느라 변변하게 마련도 못한 패물
이걸로 대신하면 안 되겠나

저 무한 찬란 빛방울이라면
빚이란 빚 다 갚고도 뒤란까지 환하겠다

오후시선

고요한 저녁이 왔다

접
시
꽃
여
자

자꾸만 접시를 챙기는 여자

끝내 접시 따윈 기억에 두지도 않을 사람에게
한사코 잔을 접시에 얹어 차를 내어주던
아주 옛날의 여자

붉은 립스틱 입술을 여는데, 열긴 여는데
알아들을 수 없는 낱말들이 모스부호처럼 부스
러지고

한 번의 생으로는 다 건널 수 없는 머언 먼 강이
나 있다는 듯
까치발 딛고 먼 델 향해 자꾸 목을 자꾸 늘이는
목이 긴 여자

꺼내어 접시에 담아야 하는데, 담고 싶은데
생이 다 끝나도록 끝내지 못할 한 마디
말을 못 찾는

그래도 그렇지 날것으로 건넬 수 있나
주섬주섬 접시를 꺼내드는

종일 허공에 빈 접시만 걸고 있는
여자

오후시선

고요한 저녁이 왔다

그리움의 속도

우체국 통유리창에
새가 연신 날아와 부딪쳐 죽더란다
우체국장은 맹금류 스티커를 유리창에 붙이고
있었다

유리창에 되비치는 창공에 속았든가
유리창에 반사되어 제게로 날아오는 한 마리 새
를 제 짝으로 알았을까

우체국 유리창을 통하여
새는 하늘 저 넘어 주소지로 저를 옮기고 말았는데

죽을 만큼의 힘으로 저쪽에 닿고 싶은 그 순간을
그리움의 속도라 부르겠다
서로에게 날아 달려오던 그 새들은 하나가 되었
을까

그리운 저쪽으로 편지를 부치던 날이 언제였던가
나 지금
죽을힘을 다하여 이르고 싶은 그곳이 있기나 한가

그 먼 곳으로 제 생을 통째로 날려 보낸 새를 보며
우체국 생애안심보험에 대해 물으려다가
그냥 돌아온 날이 있었다

고
요
한

저
녁
이

왔
다

그냥

아이들 공부한다고 멀리 가 있고
두 부부 가을 볕 쬐다가
아직 남아 있는 봉숭아 꽃잎 따서 손톱에 얹어준다
실로 친친 감아주면서
서로 무슨 생각했을까
서로가 아닌 어느 먼 기억 속의 사람을 생각했을까
그 기억 속의 사람이 누구이든
다시 세월은 밀려오고
꽃물 든 손톱이 잘려나가듯 세월은 가는 법
첫눈이 올 때까지 남아있을까
남아있으면 어쩔라구
아니 그냥….
그래, 지금 그냥이라는 말보다 적절한 말은 지상
에 없을 것 같다
열 손톱에 물든 봉숭아꽃물처럼
희망이라든가 사랑이라든가
절망도 좌절도 이 즈음에는 서로 같은 표정 같은
빛깔
왜 사느냐 물어도
당신 나 사랑해 물어도 그냥
가까이 내밀면 어떡해 나 노안이 심해 잘 보이지
않잖아
봉숭아 얹은 손톱을 실로 묶으며
가깝지도 멀지도 않은 거리에서 서로를 묶는다
안 그러면 지금 무엇 하게
그냥
꼭 그래야 한다는 뜻도 없이
그래 그냥

오후시선

고요한 저녁이 왔다

끈

내가 갑자기 어두워져
올려다보니
백로 한 마리 날아가며
그 그림자가 나를 지나는 중

해와
새와
내가 나란히 한 줄로 이어져
또 먼 별에도 이어져
우주에로 이어져

내가 영원에 닿아있다는
구체적 증거가 방금
다녀갔다니

죽어도 내가
죽지 않을 것이라는 믿음 하나가
이렇게 다녀갔다니

초극세사

혼자서 때를 미는 나에게
아들만큼이나 장한 게 초극세사 때밀이 타올이다
비누를 바르고 초극세사로 밀면
시원하다

거기까진 좋은데
힘 조절에 실패하여 번번히 살갗을 벗기고 만다

거친 이태리타올 같으면 살살 문질러보지만
극세사 부드러움에 속아 내가 내 살갗을 벗긴다

덕분에 살갗의 때만 벗기는 것이 아니라
내 어리석음과 부적절한 힘의 사용을
뉘우치기도 하는 것이어서
쓰라리게 정말 쓰라리게
속에 쌓인 때도 조금은 벗겨내는 것이다

그리하여
초극세사 타올로 때를 밀며
세사에 초극하는 법이라도 익혔으면 하는
택도 없는 생각을 해보기도 하는 것이다

고요한 저녁이 왔다

긴장과 간장 사이

퇴근 무렵 아내로부터 문자가 왔다
"긴장 떨어졌어"
누구의 무엇의 긴장인가
나이 들면서 떨어지기 시작한 내 시의 긴장 말인가
툭 하면 핸드폰을 놓고 출근하는 내 생활의 긴장
말인가
때 아닌 긴장이라니
안다 스마트폰 문자를 찍는데 점 하나를 놓친 것
이다
음식 만드는데 간장이 떨어졌다고
퇴근길에 마트에 들러 한 병 사오라는 뜻일 텐데
한 단어 쓰는 데도 아내는 긴장을 놓친 것이다
아니다 아내는 시방
헐거운 내 생활에 훈수를 두는 것이다
단어 하나에도 긴장이 필요하다
적당량의 간장이 들어가야만 음식도 간이 맞고
맛이 나듯
너무 많이 넣으면 짜게 되고
너무 조금 넣으면 싱거워서 맛이 없는 간장처럼
사람 사이의 만남에도
생활에도 시에도 적당량의 긴장이 필요하지 않
겠냐고
간장이 긴장이 되어
느슨해진 내 호흡을 조여준다

4부

파랑새는 떠나도 파랑새 몇 마리쯤은 내 안에 살기도 하였다

자기가 파랑새인지 파란새인지 몰라도 한 철 살다가는 것처럼

파랑이든 파란이든 살아내야 하는 것을 알게 되었다

쉰도 절반이 넘어서였다

파랑새는 파랑새라는 것도 알았다

뽕잎을 따면서

6월도 하지가 지난 날
뒷산으로 뽕잎 따러 갔지요
가지 맨 끝 여린 뽕잎 따다가 데쳐서 말려두면
한겨울 묵나물로 그만이지요

누에나 먹던 뽕잎을 나물로 무쳐먹으면
어머니 누에 쳐서 생계 꾸리던 막막한 어린 시절도
먹오디빛으로 되살아오고
이 세상 가난해서 맑고 빛나는 언어들이
핏속에서 돋아나서
명주실처럼 풀려 나오려나요

이제 누에 같은 것은 치지 않아서
천덕꾸러기가 된 언덕배기 뽕밭에서
청승맞게 우리 부부는
호젓한 시간이 미안코 호사스러워

노래는 산비둘기가 부르라 맡겨놓고
넉 잠 자고 난 누에처럼
가끔 눈빛을 마주치는 것 말고는
사뿐사뿐 뽕잎만 따는 것이었지요

쓸쓸한 건배

우리 남원을 대표하는 시인입니다
김 선생은 나를 소개했다

그 순간 아, 시발 이왕이면 좀 더 써서
전라북도를 대표하는 하든지 아니면 전라도를
하든지
손바닥 만 한 남원을 대표하는 시인이라니
뭐 돈 드는 일도 아닐 텐데
세계적으로, 대한민국의……

아, 아, 사실이 그렇잖느냐 대한민국은 커녕
전라도를 대표한다고 할 수도 없고
그렇다고 내 사는 남원 인근의 임실 순창을 합쳐
대표한다고 할 수도 없고
그래, 남원이면 됐다 넘친다
그래서 달라지는 게 뭐가 있나

나는 나를 대표할 수 있느냐
김 선생은 나를 소개하기 전에 물었어야 했다
당신은 당신을 대표할 수 있나

그러고 보니 그것마저 자신할 수 없어
실없이 소주잔 앞에서 나는 물어야 한다
나는 있지도 않은 나를 잊자고
오늘 또 한 잔

술집 벽의 흐릿한 거울에서 나를 닮은 사내가 왼
손으로 건배를 청한다
넌 누구냐
아득하다

뿌리

동백나무 심으려 마당 한 귀퉁이를 파니

저만치 떨어져있는 감나무뿌리가 여기까지 뻗쳐있다

그 곁에 동백을 묻는다

이 동백뿌리도 저 감나무 곁까지 다가가려나

서로 엉켜서

물을 나누고 양분을 나누며

때론 아웅다웅 다투기도 할 것이다

싸우다가 정든다고

바람이 동백을 넘어뜨리려 하면

감나무뿌리가 손을 꼭 잡아주기도 하겠지

동백이 꽃 피면

감꽃 저도 꽃이라고 애써 꽃 피우겠지

그렇다고 감나무에 동백이 피진 않아

동백나무에 감이 열리지도 않아

그 사이 동박새는 그네들을 오가며

새들의 뿌리는 먼 구름까지 뻗어있다고 자랑질도 하며

뿌리 얕은 집주인 흉도 보며

고요한 저녁이 왔다

꽃을 심다 — 종소리와 총소리

총소리는 살과 뼈를 뚫는 소리다

종소리는 총알이 뚫고 간 듯 아픈 상처를 어루만
지는 어머니의 소리다

세상 모든 소리를 총소리와 종소리로 구분할 수
는 없으나

가령 새소리를 총소리에 비유하는 사람은 없다

총소리와 종소리가 크게 다르지도 않다

종소리에 탄환을 얹으면 총소리가 된다

총소리에서 탄환을 빼면 종소리가 되기도 한다

혀 위에 탄환을 얹으면 총소리가 나온다

그러니까 총소리는 총에서만 나오는 게 아니라
는 말이다

또한 총소리는 사람만이 내는 소리이기도 하다

강물은 종소리가 되어 동그란 파문을 밀어내어
강가의 마른 나무를 적신다

하지만 사랑이라는 말에 탄환을 얹으면

누군가 어딘가 살이 찢기고 뼈가 부서질 수도 있다

종소리는 총소리를 밀어내기도 한다

종소리로 분류되는 새소리와 꽃의 웃음소리가
가득한 곳에서는

총소리가 나지 않는 법이다

언제고 총일 수 있는 내가 이 아침 꽃을 심는 이
유이기도 하다

파랑새와 더불어

파랑새를 보았다

동화책에서나 보았던 파랑새를 산동네로 들어와 살면서 보았다

파랑새목 파랑새과 여름철새, 희망과 행운을 상징한다는 그 새가

내 사는 곳 가까이 살 줄 몰랐다

오, 파랑새야, 희망의 새야

그러나 파랑새와 함께 시작한 시골 살림은 그렇게 희망에 벅차진 않았다

늘 잡초와 싸웠고

모기와 싸웠고 지네와 싸웠고

아내와 싸웠다

파랑새가 와 있는 여름에 싸웠다는 말은

파랑새가 없는 다른 계절에도 싸웠다는 얘기다

직장에 가서는 아이들과 싸우고 갑질하는 교장과 싸웠으니

행운과 희망과 파랑새는 분명 관계가 있어 보이지 않았다

그것은 파랑새가 진짜 파란색이기보다는

감청색에 가까워서가 아닐까 생각도 해보았으나

그렇다고 어찌해볼 도리가 있는 것은 아니었다

감청색도 파란색이긴 하였으므로 희망은 언제나 모호하였다

파랑새는 동화 속에서처럼 소리가 그다지 아름답지 아니하여

희망과 행운과 거리가 있는지도 몰랐다

그러나 나는 파랑새의 색깔과 목소리를 바꾸어 줄 수는 없었다

동네 이장도 못 되는 주제에

교장도 모기도 잡풀도 아내도 바꿀 수 있는 게 아무것도 없었다

가을이 되어 파랑새가 보이지 않을 때도 해가 뜨고 달이 뜨고

싸울 일은 여전히 많았다

싸울 상대가 없을 때면 나는 나를 적으로 내세워 싸우기도 하였다

그러다가 진짜 적은 내 안에 있음도 알았다

번번이 지기만 하는 이 싸움 끝에

파랑새는 떠나도 파랑새 몇 마리쯤은 내 안에 살기도 하였다

자기가 파랑새인지 파란새인지 몰라도 한 철 살다가는 것처럼

파랑이든 파란이든 살아내야 하는 것을 알게 되었다

쉰도 절반이 넘어서였다

파랑새는 파랑새라는 것도 알았다

오후시선

고요한 저녁이 왔다

쉘 우이 댄스

불행한가요
그렇다면 춤을 춘 지 얼마나 오래되었는지 돌아
보아요

큰 나무는 큰 바람을 가락으로 삼지요
풀꽃들은 작은 바람에도 제 몸을 태워요
새들은 없는 바람도 타지요

춤이야 막춤이면 어때요
불행한 사람보다 더 불행한 사람은 춤추고 있으
면서
그것이 춤인 줄 모르는 사람 아닐까요

들여다보아요
당신의 쓰러짐의 동작과 흐느낌의 동작이 무엇
을 닮았는지요
춤은 수만 번의 쓰러짐을 일으켜 세워 피어낸 꽃
그 흔들림인 것을

태풍 속의 나무를 보아요 풀잎을 보아요
죽은 나무는 구부러지지 않아요 부러지지요

당신은 지금 춤추고 있는 걸요

이 슬픔이 끝나길 바라나요
그러면 춤도 끝나버리는 걸요

춤이 끝날 때까지 춤은 춤이 아니지요
다만 그렇단 얘기입니다

사업계획서

훈장 노릇도 때론 못해먹겠다 싶을 때 있어
가끔은 퇴임 후 생계를 걱정해 보는데
아침저녁의 내 사는 지리산
이 무한 청량 공기를 몇 kg씩 썰어서
택배로 배송하는 사업을 구상해보았다

고객은 아무래도 주로 시 쓰는 작자들일 텐데
이들은 소리만 들어도 귀뚜라미 울음의 온도까
지 읽어낼 정도
귀가 얇은지라
숙취해소에 좋다는 선전 문구까지 생각해 두었다
봄이면 철쭉꽃잎 가을이면 붉은 신나무잎 몇 장
한신계곡 물소리는 덤으로
포장지에 붙여서 보내면
나는 자금관리 직원을 하나 따로 고용해야 할지
몰라

그러나 나처럼 서정시나 주무르는 이 작자들은
귀만큼이나 주머니도 얇아서
이것저것 헤아리고 에누리에누리 하다보면
인건비도 택배비도 못 건지겠다 싶어

그렇다면 여기에 다디단 노고단 햇살 몇 조각을
버무려 먹으면
비아그라는 저리 가라한다고
주고객을 강남 부유층으로 돌려보면 어떨까
시인들에게 손해 본 것 여기서 보전하고도 엄청
남아서
사업 말고도 여자 두엇은 관리해야 할지도 모르
겠다
강물 팔아먹은 김선달보다야 낫겠지

아침 저녁을 같이하며 한 가족으로 지내는
물까치 몇 마리를 풀어
내일은 지리산 둘레 청량공기와 햇살의 부피를
재고 오라 일러야겠다

고요한 저녁이 왔다

마트에 간다

뭔 화장이 이리 길댜
누가 봐준다고……

나는 면도도 하지 않은 채 대충
챙모자 눌러쓰고 나서려는데

마당에 내려서니
잠깐 나갔다 올 거라고,
잠깐 피었다 질 텐데 뭐 하면서
대충 피는 꽃은 없다

제 빛깔 제 모양
제 향기 다 찾아 챙겨들고
그늘에서도 꽃은 핀다

화장 다 마친 아내 세워두고
들어가 면도하고 옷 새로 입고
나 마트에 간다

가을날

앞집 노부부 마당 가득
고추 널어놓고 고르는데

밧줄로 꽁꽁 밧줄로 꽁꽁 단단히 묶어라 사랑이 떠날
수 없게*
트로트 가락은 흥겨워서 슬프다

쟁글거리는 햇살 속 달리아 덩달아 붉고
대문 앞 한글날 태극기 펄럭이는데

고추당초 매운 세상
또 한 생을 살아야 한대도

한 풍경으로 꽁꽁 묶여서
여기 이 가을 햇볕 속에 다시 태어나고만 싶다

* 대중가요 〈사랑의 밧줄〉 한 대목

책상다리를 매우 치다

분리수거 쓰레기장에 버려진 책상을 보다가
저 다리 하나 뽑아다가 푹 고아서 먹자고 아내에
게 말하고 싶다
채식을 좋아하는 아내는 좀처럼 고기 요리를 하
지 않는다
책상은 나무로 되어있으니 식물성 아닌가

하지만 말하지 않았다
보나마나 도무지 쓸 데 없는 생각만 한다고 할
것이다
쓸 데 없는 것이 가끔은 시가 되기는 한다
그러나, 그래서, 시가 돈이 되지는 않는다
밥이 되지는 않는다 이름도 되지 않는다

시를 쓰다가 30년이 지났다
시를 쓰면 몽당연필처럼 세월이 짧아지고 머리
털은 성글어진다
잘 나가는 시인은 많아지고
그래서 시를 쓸수록 나는 짧아진다

옳다구나 삶아 먹지도 못할 저 놈의 저 책상을
가져가
회초리 하나 꺾어다가 책상다리를 매우 치자
아픈 내 시를 때리지는 못하고
쭉정이 같은 이름과 없는 금고의 종아리를 때릴
수는 없어

쓸 데 없는 책상다리 너 때문이야 너 때문이야
하면서
내 중년의 종아리를 매우 치자

고요한 저녁이
왔다

박새에게 세들다

감나무 뒤 가까운 담벼락 돌 틈 사이
박새 부부 둥지를 틀었나 보다
3월도 중순 너머

그런가보다 하기로 했다
안방에 둥지를 트는 것도 아니어서
새소리 몇 가락으로 세를 받기로 하고
새끼 깔 그 동안만 전세 내주지

담벼락 앞 감나무 사이 나무 하나 더 심으려
무심코 정말 무심코 오늘 구덩이 하나 파려는데
갑자기 박새 부부 내 앞을 달겨든다
네 집이기도 하지만 내 집이기도 하다
점유권을 주장한다

아차차 그 동안 몇 조각 새소리 미리 받아 들었
던 게 죄로구나
엉겁결에 구덩이를 포기하고
나무 심기를 포기하고
이 봄을 저 박새부부에게 맡기기로 하는데
저 부부 정말 전세 등기라도 한 모양 당당해서

아무 말 못하겠는데

그렇다면 우리 집 나무란 나무 제 식탁으로
대숲 그늘은 제 주방으로
저 하늘 구름은 제 신혼이불로
내 안마당도 제 운동장으로
모두 모두 소문내고 등기해놓은 것은 아닐까

어라, 그래 그으래!
이 어처구니없는 침탈로
내 것이라고 부를 게 아무것도 없는, 빼앗겨서
즐거운
금낭화 축 돋는 한 때

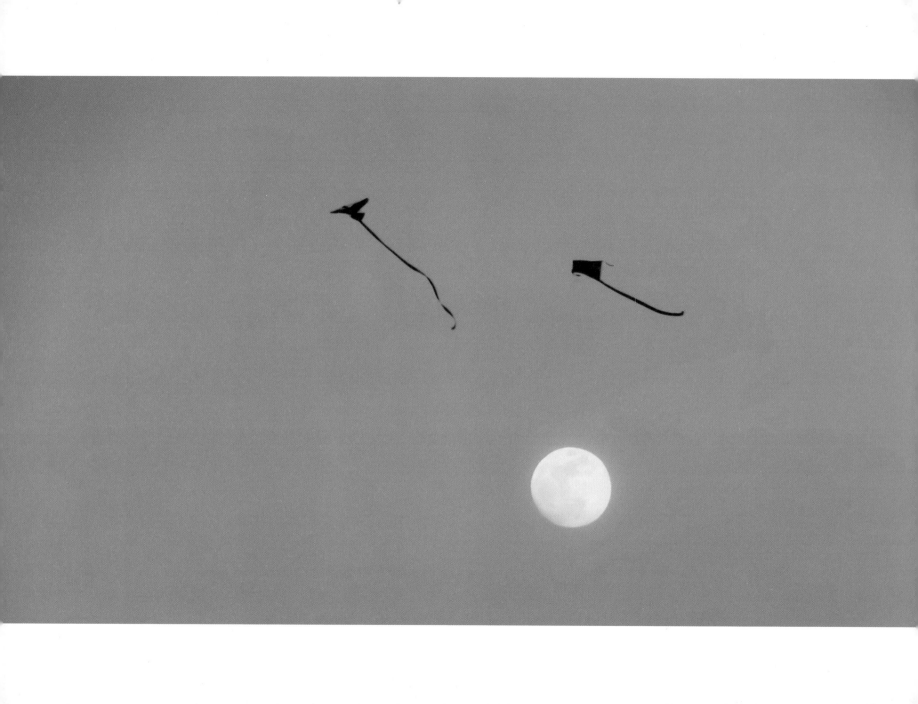

공범
2

아내는 살구를 좋아해

몇 해째 비어있는 옆집
담장 가 키 작은 살구나무
익은 살구빛깔 고와서

우리 집 쪽으로 떨어진 몇 개는 줍고
담 너머 손을 뻗어
몇 개는 땄어

아내에겐 떨어진 살구를 몇 개 주워왔노라 말했지
알고도 속은 척 웃는 두 볼은
첫아이 설 무렵처럼
6월 살구빛깔로 고웁게 달아오르네

저 빛깔이라면
눈 쌓인 겨울 지리산 골짝 어디라도
내 기꺼이
살구를 따러 가지 않겠는가

나는 어느 새 스물 두엇 총각으로 마주 웃고

시 | **복효근**

1991년『시와 시학』으로 등단하여, 시집『마늘촛불』,『따뜻한 외면』,『꽃 아
닌 것 없다』등과 청소년 시집『운동장 편지』, 시선집『어느 대나무의 고백』
을 냈다. 편운문학상, 시와 시학상, 신석정문학상 등을 수상하였다. 고향
남원의 송동중학교 국어교사로 일하고 있다.

오후시선 01
고요한 저녁이 왔다
ⓒ 복효근·유운선 2018

초판1쇄 발행 2018년 9월 28일
초판2쇄 발행 2019년 12월 6일

시	복효근	펴낸곳	역락
사진	유운선	**출판등록**	1999년 4월19일 제03-2002-000014호
기획	김길녀	**주소**	서울시 서초구 동광로 46길 6-6 문창빌딩 2층 (우-06589)
펴낸이	이대현	**전화**	02-3409-2058
책임편집	이태곤	**팩스**	02-3409-2059
편집	권분옥 문선희 임애정 백초혜	**홈페이지**	http://www.youkrackbooks.com
디자인	안혜진 최선주 김주화	**블로그**	http://blog.naver.com/youkrack3888
마케팅	박태훈 안현진	**이메일**	youkrack@hanmail.net

ISBN   979-11-6244-305-7 04810

979-11-6244-304-0 (세트)

「이 도서의 국립중앙도서관 출판예정도서목록(CIP)은 서지정보유통지원시스템 홈페이지(http://seoji.nl.go.kr)와 국가자료공동목록시스템(http://www.nl.go.kr/kolisnet)에서 이용하실 수 있습니다. (CIP제어번호: CIP2018030042)」